Pandora

Johann Wolfgang Goethe

Herausgeber: Culturea (34, Hérault)
Druck: BOD - In de Tarpen 42, Norderstedt (Deutschland)
Website: http://culturea.fr
Kontakt: infos@culturea.fr
ISBN:9791041948758
Veröffentlichungsdatum: FEBRUAR 2023
Layout und Design: https://reedsy.com/
Dieses Buch wurde mit der Schriftart Bauer Bodoni gesetzt.

ER WIRT MIR GEBEN

Ein Festspiel

Personen.

Prometheus,

Epimetheus, , Japetiden

Phileros, Prometheus' Sohn

Elpore,

Epimeleia, , Epimetheus' Töchter

Eos

Pandora, Epimetheus' Gattin

Dämonen

Helios

Schmiede

Hirten

Feldbauende

Krieger

Gewerbsleute

Winzer

Fischer

Der Schauplatz wird im großen Stil nach Poussinischer Weise gedacht.

Seite des Prometheus

Zu der Linken des Zuschauers Fels und Gebirg, aus dessen mächtigen Bänken und Massen natürliche und künstliche Höhlen neben- und übereinander gebildet sind, mit mannigfaltigen Pfaden und Steigen, welche sie verbinden. Einige dieser Höhlen sind wieder mit Felsstücken zugesetzt, andre mit Toren und Gattern verschlossen, alles roh und derb. Hier und da sieht man etwas regelmäßig Gemauertes, vorzüglich Unterstützung und künstliche Verbindung der Massen bezweckend, auch schon bequemere Wohnungen andeutend, doch ohne alle Symmetrie. Rankengewächse hangen herab; einzelne Büsche zeigen sich auf den Absätzen; höher hinauf verdichtet sich das Gesträuch, bis sich das Ganze in einen waldigen Gipfel endigt.

Seite des Epimetheus

Gegenüber zur Rechten ein ernstes Holzgebäude nach ältester Art und Konstruktion, mit Säulen von Baumstämmen und kaum gekanteten Gebälken und Gesimsen. In der Vorhalle sieht man eine Ruhestätte mit Fellen und Teppichen. Neben dem Hauptgebäude, gegen den Hintergrund, kleinere ähnliche Wohnungen mit vielfachen Anstalten von trockenen Mauern, Planken und Hecken, welche auf Befriedigung verschiedener Besitztümer deuten; dahinter die Gipfel von Fruchtbäumen,Anzeigen wohlbestellter Gärten. Weiterhin mehrere Gebäude im gleichen Sinne.

Im Hintergrunde mannigfaltige Flächen, Hügel, Büsche und Haine; ein Fluß, der mit Fällen und Krümmungen nach einer Seebucht fließt, die zunächst von steilen Felsen begrenzt wird. Der Meereshorizont, über den sich Inseln erheben, schließt das Ganze.

Nacht.

EPIMETHEUS *aus der Mitte der Landschaft hervortretend.*

Kindheit und Jugend, allzuglücklich preis' ich sie,
Daß, nach durchstürmter durchgenoßner Tageslust,
Behender Schlummer allgewaltig sie ergreift
Und, jede Spur vertilgend kräft'ger Gegenwart,
Vergangnes, Träume bildend, mischt Zukünftigem.
Ein solch Behagen, ferne bleibt's dem Alten, mir.
Nicht sondert mir entschieden Tag und Nacht sich ab,
Und meines Namens altes Unheil trag' ich fort:
Denn Epimetheus nannten mich die Zeugenden,
Vergangnem nachzusinnen, Raschgeschehenes
Zurückzuführen, mühsamen Gedankenspiels,
Zum trüben Reich gestaltenmischender Möglichkeit.
So bittre Mühe war dem Jüngling auferlegt,
Daß, ungeduldig in das Leben hingewandt,
Ich unbedachtsam Gegenwärtiges ergriff
Und neuer Sorge neubelastende Qual erwarb.
So flohst du, kräft'ge Zeit der Jugend, mir dahin,
Abwechselnd immer, immer wechselnd mir zum Trost,

Von Fülle zum Entbehren, von Entzücken zu Verdruß.
Verzweiflung floh vor wonniglichem Gaukelwahn,
Ein tiefer Schlaf erquickte mich von Glück und Not;
Nun aber, nächtig immer schleichend wach umher,
Bedaur' ich meiner Schlafenden zu kurzes Glück,
Des Hahnes Krähen fürchtend, wie des Morgensterns
Voreilig Blinken. Besser blieb' es immer Nacht!
Gewaltsam schüttle Helios die Lockenglut;
Doch Menschenpfade, zu erhellen sind sie nicht.
Was aber hör' ich? knarrend öffnen sich so früh
Des Bruders Tore. Wacht er schon, der Tätige?
Voll Ungeduld, zu wirken, zündet er schon die Glut
Auf hohlem Herdraum werkaufregend wieder an
Und ruft zu mächt'ger Arbeitslust die rußige,
Mit Guß und Schlag Erz auszubilden kräft'ge Schar?
Nicht so! Ein eilend leiser Tritt bewegt sich her,
Mit frohem Tonmaß herzerhebenden Gesangs.

PHILEROS *von der Seite des Prometheus her.*

Zu freieren Lüften hinaus, nur hinaus!
Wie drängen mich Mauern! wie ängstet das Haus!
Wie sollen mir Felle des Lagers genügen?
Geläng' es, ein Feuer in Träume zu wiegen?

Nicht Ruhe, nicht Rast
Den Liebenden faßt.
Was hilft es, und neiget das Haupt auch sich nieder
Und sinken ohnmächtig ermüdete Glieder;
Das Herz, es ist munter, es regt sich, es wacht,
Es lebt den lebendigsten Tag in der Nacht!
Alle blinken die Sterne mit zitterndem Schein,
Alle laden zu Freuden der Liebe mich ein,
Zu suchen, zu wandeln den duftigen Gang,
Wo gestern die Liebste mir wandelt' und sang,
Wo sie stand, wo sie saß, wo mit blühenden Bogen
Beblümete Himmel sich über uns zogen,
Und um uns und an uns so drängend und voll
Die Erde von nickenden Blumen erquoll.
O dort nur, o dort
Ist zum Ruhen der Ort!

EPIMETHEUS.

Wie tönet mir ein mächt'ger Hymnus durch die Nacht!

PHILEROS.

Wen treff' ich schon, wen treff' ich noch den Wachenden?

EPIMETHEUS.

Phileros, bist du es? Deine Stimme scheint es mir.

PHILEROS.

Ich bin es, Oheim! aber halte mich nicht auf.

EPIMETHEUS.

Wo eilst du hin, du morgendlicher Jüngling du?

PHILEROS.

Wohin mich nicht dem Alten zu begleiten ziemt.

EPIMETHEUS.

Des Jünglings Pfade, zu erraten sind sie leicht.

PHILEROS.

So laß mich los und frage mir nicht weiter nach.

EPIMETHEUS.

Vertraue mir! Der Liebende bedarf des Rats.

PHILEROS.

Zum Rate bleibt nicht, zum Vertrauen bleibt nicht Raum.

EPIMETHEUS.

So nenne mir den Namen deines holden Glücks.

PHILEROS.

Verborgen ist ihr Name wie der Eltern mir.

EPIMETHEUS.

Auch Unbekannte zu beschädigen bringet Weh.

PHILEROS.

Des Ganges heitre Schritte, Guter, trübe nicht.

EPIMETHEUS.

Daß du ins Unglück rennest, fürcht' ich nur zu sehr.

PHILEROS.

Phileros, nur dahin zum beduffteten Garten!
Da magst du die Fülle der Liebe dir erwarten,
Wenn Eos, die Blöde, mit glühendem Schein
Die Teppiche rötet am heiligen Schrein
Und hinter dem Teppich das Liebchen hervor,
Mit röteren Wangen, nach Helios' Tor,
Nach Gärten und Feldern mit Sehnsucht hinaus

Die Blicke versendet und spähet mich aus.

So wie ich zu dir,

So strebst du zu mir!

Ab, nach der rechten Seite des Zuschauers.

EPIMETHEUS.

Fahr hin, Beglückter, Hochgesegneter, dahin!
Und wärst du nur den kurzen Weg zu ihr beglückt,
Doch zu beneiden! Schlägt dir nicht des Menschenheils
Erwünschte Stunde, zöge sie auch schnell vorbei?
So war auch mir! so freudig hüpfte mir das Herz,
Als mir Pandora nieder vom Olympos kam.
Allschönst und allbegabtest regte sie sich hehr
Dem Staunenden entgegen, forschend holden Blicks,
Ob ich, dem strengen Bruder gleich, wegwiese sie.
Doch nur zu mächtig war mir schon das Herz erregt,
Die holde Braut empfing ich mit berauschtem Sinn.
Sodann geheimnisreicher Mitgift naht' ich mich,
Des irdenen Gefäßes hoher Wohlgestalt.
Verschlossen stand's. Die Schöne freundlich trat hinzu,
Zerbrach das Göttersiegel, hub den Deckel ab.
Da schwoll gedrängt ein leichter Dampf aus ihm hervor,

Als wollt' ein Weihrauch danken den Uraniern,
Und fröhlich fuhr ein Sternblitz aus dem Dampf heraus,
Sogleich ein andrer; andre folgten heftig nach.
Da blickt' ich auf, und auf der Wolke schwebten schon
Im Gaukeln lieblich Götterbilder, buntgedrängt;
Pandora zeigt' und nannte mir die Schwebenden:
Dort, siehst du, sprach sie, glänzet Liebesglück empor!
Wie? rief ich, droben schwebt es? Hab' ich's doch in dir!
Daneben zieht, so sprach sie fort, Schmucklustiges
Des Vollgewandes wellenhafte Schleppe nach.
Doch höher steigt, bedächtig ernsten Herrscherblicks,
Ein immer vorwärts dringendes Gewaltgebild.
Dagegen, gunsterregend, strebt, mit Freundlichkeit
Sich selbst gefallend, süß zudringlich, regen Blicks,
Ein artig Bild, dein Auge suchend, emsig her.
Noch andre schmelzen kreisend ineinander hin,
Dem Rauch gehorchend, wie er hin und wider wogt,
Doch alle pflichtig, deiner Tage Lust zu sein.
Da rief ich aus: Vergebens glänzt ein Sternenheer,
Vergebens rauchgebildet wünschenswerter Trug!
Du trügst mich nicht, Pandora, mir die Einzige!
Kein andres Glück verlang' ich, weder wirkliches
Noch vorgespiegeltes im Luftwahn. Bleibe mein!

Indessen hatte sich das frische Menschenchor,
Das Chor der Neulinge, versammelt mir zum Fest.
Sie starrten froh die muntern Luftgeburten an
Und drangen zu und haschten. Aber flüchtiger
Und irdisch ausgestreckten Händen unerreichbar
Jene, steigend jetzt empor und jetzt gesenkt,
Die Menge täuschten stets sie, die verfolgende.
Ich aber zuversichtlich trat zur Gattin schnell
Und eignete das gottgesandte Wonnebild
Mit starken Armen meiner lieberfüllten Brust.
Auf ewig schuf da holde Liebesfülle mir
Zur süßen Lebensfabel jenen Augenblick.

Er begibt sich nach dem Lager in der Vorhalle und besteigt es.

Jener Kranz, Pandorens Locken
Eingedrückt von Götterhänden,
Wie er ihre Stirn umschattet,
Ihrer Augen Glut gedämpfet,
Schwebt mir noch vor Seel' und Sinnen,
Schwebt, da sie sich längst entzogen
Wie ein Sternbild über mir.

Doch er hält nicht mehr zusammen;

Er zerfließt, zerfällt und streuet

Über alle frischen Fluren

Reichlich seine Gaben aus.

Schlummernd.

O wie gerne bänd' ich wieder

Diesen Kranz! Wie gern verknüpft' ich,

Wär's zum Kranze, wär's zum Strauße,

Flora-Cypris, deine Gaben!

Doch mir bleiben Kranz und Sträuße

Nicht beisammen. Alles löst sich.

Einzeln schafft sich Blum' und Blume

Durch das Grüne Raum und Platz.

Pflückend geh' ich und verliere

Das Gepflückte. Schnell entschwindet's.

Rose, brech' ich deine Schöne,

Lilie, du bist schon dahin!

Er entschläft.

PROMETHEUS *eine Fackel in der Hand.*

Der Fackel Flamme, morgendlich dem Stern voran
In Vaterhänden aufgeschwungen, kündest du
Tag vor dem Tage! Göttlich werde du verehrt
Denn aller Fleiß, der männlich schätzenswerteste,
Ist morgendlich; nur er gewährt dem ganzen Tag
Nahrung, Behagen, müder Stunden Vollgenuß
Deswegen ich der Abendasche heil'gen Schatz
Entblößend früh zu neuem Gluttrieb aufgefacht
Vorleuchtend meinem wackern arbeitstreuen Volk –
So ruf' ich laut euch Erzgewält'ger nun hervor:
Erhebt die starken Arme leicht, daß taktbewegt
Ein kräft'ger Hämmerchortanz, laut erschallend, rasch
Uns das Geschmolzne vielfach strecke zum Gebrauch.

Mehrere Höhlen eröffnen sich, mehrere Feuer fangen an zu brennen.

SCHMIEDE.

Zündet das Feuer an!
Feuer ist obenan.
Höchstes, er hat's getan,
Der es geraubt.
Wer es entzündete,

Sich es verbündete,

Schmiedete, ründete

Kronen dem Haupt.

Wasser, es fließe nur!

Fließet es von Natur

Felsenab durch die Flur,

Zieht es auf seine Spur

Menschen und Vieh.

Fische, sie wimmeln da,

Vögel, sie himmeln da,

Ihr' ist die Flut,

Die unbeständige,

Stürmisch lebendige,

Daß der Verständige

Manchmal sie bändige,

Finden wir gut.

Erde, sie steht so fest!

Wie sie sich quälen läßt!

Wie man sie scharrt und plackt!

Wie man sie ritzt und hackt!

Da soll's heraus.

Furchen und Striemen ziehn
Ihr auf den Rücken hin
Knechte mit Schweißbemühn;
Und wo nicht Blumen blühn,
Schilt man sie aus.

Ströme du, Luft und Licht,
Weg mir vom Angesicht!
Schürst du das Feuer nicht,
Bist du nichts wert.
Strömst du zum Herd herein,
Sollst du willkommen sein,
Wie sich's gehört.
Dring nur herein ins Haus;
Willst du hernach hinaus,
Bist du verzehrt.

Rasch nur zum Werk getan!
Feuer, nun flammt's heran,
Feuer schlägt obenan;
Sieht's doch der Vater an,
Der es geraubt.
Der es entzündete,

Sich es verbündete,
Schmiedete, ründete
Kronen dem Haupt.

PROMETHEUS.

Des tät'gen Manns Behagen sei Parteilichkeit.
Drum freut es mich, daß, andrer Elemente Wert
Verkennend, ihr das Feuer über alles preist.
Die ihr, hereinwärts auf den Amboß blickend, wirkt
Und hartes Erz nach eurem Sinne zwingend formt,
Euch rettet' ich, als mein verlorenes Geschlecht
Bewegtem Rauchgebilde nach, mit trunknem Blick,
Mit offnem Arm, sich stürzte, zu erreichen das,
Was unerreichbar ist und, wär's erreichbar auch,
Nicht nützt noch frommt; ihr aber seid die Nützenden.
Wildstarre Felsen widerstehn euch keineswegs;
Dort stürzt von euren Hebeln Erzgebirg herab,
Geschmolzen fließt's, zum Werkzeug umgebildet nun,
Zur Doppelfaust. Verhundertfältigt ist die Kraft.
Geschwungne Hämmer dichten, Zange fasset klug;
So eigne Kraft und Bruderkräfte mehret ihr,
Werktätig, weisekräftig, ins Unendliche.
Was Macht entworfen, Feinheit ausgesonnen, sei's

Durch euer Wirken über sich hinausgeführt.

Drum bleibt am Tagwerk vollbewußt und freigemut:

Denn eurer Nachgebornen Schar, sie nahet schon,

Gefertigtes begehrend, Seltnem huldigend.

HIRTEN.

Ziehet den Berg hinauf,

Folget der Flüsse Lauf!

Wie sich der Fels beblüht,

Wie sich die Weide zieht,

Treibet gemach!

Überall findet's was,

Kräuter und tauig Naß,

Wandelt und sieht sich um,

Trippelt, genießet stumm,

Was es bedarf.

ERSTER HIRT *zu den Schmieden.*

Mächtige Brüder hier,

Stattet uns aus!

Reichet der Klingen mir

Schärfste heraus.

Syrinx muß leiden!
Rohr einzuschneiden,
Gebt mir die feinsten gleich!
Zart sei der Ton.
Preisend und lobend euch
Ziehn wir davon.

ZWEITER HIRT *zum Schmiede.*

Hast du wohl Weichlinge
Freundlich versorgt,
Haben noch obendrein
Sie dir es abgeborgt.
Reich' uns des Erzes Kraft,
Spitzig, nach hinten breit,
Daß wir es schnüren fest
An unsrer Stäbe Schaft.

Dem Wolf begegnen wir,
Menschen, mißwilligen;
Denn selbst die Billigen
Sehn es nicht gern,
Wenn man sich was vermißt;
Doch nah und fern

Läßt man sich ein,

Und wer kein Krieger ist,

Soll auch kein Hirte sein.

DRITTER HIRT *zum Schmiede.*

Wer will ein Hirte sein,

Lange Zeit er hat;

Zähl' er die Stern' im Schein,

Blas' er auf dem Blatt.

Blätter gibt uns der Baum,

Rohre gibt uns das Moor;

Künstlicher Schmiedegesell,

Reich' uns was anders vor!

Reich' uns ein ehern Rohr,

Zierlich zum Mund gespitzt,

Blätterzart angeschlitzt:

Lauter als Menschensang

Schallet es weit;

Mädchen im Lande breit

Hören den Klang.

Die Hirten verteilen sich unter Musik und Gesang in der Gegend.

PROMETHEUS.

Entwandelt friedlich! Friede findend geht ihr nicht.
Denn solches Los dem Menschen wie den Tieren ward,
Nach deren Urbild ich mir Beßres bildete,
Daß eins dem andern, einzeln oder auch geschart,
Sich widersetzt, sich hassend aneinander drängt,
Bis eins dem andern Übermacht betätigte.
Drum faßt euch wacker, e i n e s Vaters Kinder ihr!
Wer falle? stehe? kann ihm wenig Sorge sein.

Ihm ruht zu Hause vielgewaltiger ein Stamm,
Der stets fernaus- und weit und breit umhergesinnt;
Zu enge wohnt er, aufeinander dicht gedrängt.
Nun ziehn sie aus, und alle Welt verdrängen sie.
Gesegnet sei des wilden Abschieds Augenblick!

Drum, Schmiede! Freunde! Nur zu Waffen legt mir's an
Das andre lassend, was der sinnig Ackernde,
Was sonst der Fischer von euch fordern möchte heut'.
Nur Waffen schafft! Geschaffen habt ihr alles dann,
Auch derbster Söhne übermäß'gen Vollgenuß.
Jetzt erst, ihr mühsam finsterstündig Strebenden,
Für euch ein Ruhmahl! Denn wer nachts arbeitete,
Genieße, wenn die andern früh zur Mühe gehn.

Dem schlafenden Epimetheus sich nähernd.

Du aber, einz'ger Mitgeborner, ruhst du hier?
Nachtwandler, Sorgenvoller, Schwerbedenklicher.
Du dauerst mich, und doch belob' ich dein Geschick.
Zu dulden ist! Sei's tätig oder leidend auch.

Ab.

SCHMIEDE.

Der es entzündete,
Sich es verbündete,
Schmiedete, ründete
Kronen dem Haupt.

Sie verlieren sich in den Gewölben, die sich schließen.

EPIMETHEUS *in offner Halle schlafend.*

ELPORE *den Morgenstern auf dem Haupte, in luftigem Gewand, steigt hinter dem Hügel herauf.*

EPIMETHEUS *träumend.*

Ich seh' Gestirne kommen, dicht gedrängt!
Ein Stern für viele, herrlich glänzet er!
Was steiget hinter ihm so hold empor?
Welch liebes Haupt bekrönt, beleuchtet er?
Nicht unbekannt bewegt sie sich herauf,
Die schlanke, holde, niedliche Gestalt.
Bist du's, Elpore?

ELPORE *von fern.*

Teurer Vater, ja!
Die Stirne dir zu kühlen, weh' ich her!

EPIMETHEUS.

Tritt näher, komm!

ELPORE.

Das ist mir nicht erlaubt.

EPIMETHEUS.

Nur näher!

ELPORE *nahend.*

So denn?

EPIMETHEUS.

So! noch näher!

ELPORE *ganz nah.*

So?

EPIMETHEUS.

Ich kenne dich nicht mehr.

ELPORE.

Das dacht' ich wohl.

Wegtretend.

Nun aber?

EPIMETHEUS.

Ja, du bist's, geliebtes Mädchen.

Das deine Mutter scheidend mir entriß!

Wo bliebst du? Komm zu deinem alten Vater.

ELPORE *herzutretend.*

Ich komme, Vater; doch es fruchtet nicht.

EPIMETHEUS.

Welch lieblich Kind besucht mich in der Nähe?

ELPORE.

Die du verkennst und kennst, die Tochter ist's.

EPIMETHEUS.

So komm in meinen Arm!

ELPORE.

Bin nicht zu fassen.

EPIMETHEUS.

So küsse mich!

ELPORE *zu seinen Haupten.*

Ich küsse deine Stirn

Mit leichter Lippe.

Sich entfernend.

Fort schon bin ich, fort!

EPIMETHEUS.

Wohin? wohin?

ELPORE.

Nach Liebenden zu blicken.

EPIMETHEUS.

Warum nach denen? Die bedürfen's nicht.

ELPORE.

Ach, wohl bedürfen sie's, und niemand mehr.

EPIMETHEUS.

So sage mir denn zu!

ELPORE.

Und was denn? was?

EPIMETHEUS.

Der Liebe Glück, Pandorens Wiederkehr.

ELPORE.

Unmöglichs zu versprechen, ziemt mir wohl.

EPIMETHEUS.

Und sie wird wiederkommen?

ELPORE.

Ja doch! Ja!

Zu den Zuschauern.

Gute Menschen! so ein zartes,
Ein mitfühlend Herz, die Götter
Legten's in den jungen Busen;
Was ihr wollet, was ihr wünschet,
Nimmer kann ich's euch versagen,
Und von mir, dem guten Mädchen,
Hört ihr weiter nichts als Ja.

Ach! die anderen Dämonen,
Ungemütlich, ungefällig,
Kreischen immerfort dazwischen
Schadenfroh ein hartes Nein.

Doch der Morgenlüfte Wehen
Mit dem Krähn des Hahns vernehm' ich!
Eilen muß die Morgendliche,
Eilen zu Erwachenden.
Doch so kann ich euch nicht lassen.
Wer will noch was Liebes hören?
Wer von euch bedarf ein Ja?

Welch ein Tosen! welch ein Wühlen!
Ist's der Morgenwelle Brausen?
Schnaubst schon hinter goldnen Toren,
Roßgespann des Helios?
Nein! mir wogt die Menge murmelnd,
Wildbewegte Wünsche stürzen
Aus den überdrängten Herzen,
Wälzen sich zu mir empor.

Ach! was wollt ihr von der Zarten?
Ihr Unruh'gen, Übermüt'gen!
Reichtum wollt ihr, Macht und Ehre,
Glanz und Herrlichkeit? Das Mädchen
Kann euch solches nicht verleihen;
Ihre Gabe, ihre Töne,
Alle sind sie mädchenhaft.

Wollt ihr Macht? Der Mächt'ge hat sie.
Wollt ihr Reichtum? Zugegriffen!
Glanz? Behängt euch! Einfluß? Schleicht nur!
Hoffe niemand solche Güter;
Wer sie will, ergreife sie.

Stille wird's! Doch hör' ich deutlich –
Leis ist mein Gehör – ein seufzend
Lispeln! Still! ein lispelnd Seufzen!
O! das ist der Liebe Ton.
Wende dich zu mir, Geliebter!
Schau' in mir der Süßen, Treuen
Wonnevolles Ebenbild.
Frage mich, wie du sie fragest,
Wenn sie vor dir steht und lächelt

Und die sonst geschloßne Lippe
Dir bekennen mag und darf.

›Wird sie lieben?‹ Ja! ›Und mich?‹ Ja!
›Mein sein?‹ Ja! ›Und bleiben?‹ Ja doch!
›Werden wir uns wiederfinden?‹
Ja gewiß! ›Treu wiederfinden?
Nimmer scheiden?‹ Ja doch! ja!

Sie verhüllt sich und verschwindet; als Echo wiederholend.

Ja doch! ja!

EPIMETHEUS *erwachend.*

Wie süß, o Traumwelt, schöne, lösest du dich ab!

Durchdringendes Angstgeschrei eines Weibes vom Garten her.

EPIMETHEUS *aufspringend.*

Entsetzlich stürzt Erwachenden sich Jammer zu!

Wiederholtes Geschrei.

Weiblich Geschrei! Sie flüchtet! Näher! Nahe schon.

EPIMELEIA *innerhalb des Gartens unmittelbar am Zaun.*

Ai! Ai! Weh! Weh mir! Weh! Weh! Weh! Ai! Ai mir! Weh!

EPIMETHEUS.

Epimeleias Töne! hart am Gartenrand.

EPIMELEIA *den Zaun hastig übersteigend.*

Weh! Mord und Tod! Weh, Mörder! Ai! ai! Hilfe mir!

PHILEROS *nachspringend.*

Vergebens! Gleich ergreif' ich dein geflochtnes Haar.

EPIMELEIA.

Im Nacken, weh! den Hauch des Mörders fühl' ich schon.

PHILEROS.

Verruchte! Fühl' im Nacken gleich das scharfe Beil!

EPIMETHEUS.

Her! Schuldig, Tochter, oder schuldlos rett' ich dich.

EPIMELEIA *an seiner linken Seite niedersinkend.*

O Vater du! Ist doch ein Vater stets ein Gott!

EPIMETHEUS.

Und wer, verwegen, stürmt aus dem Bezirk dich her?

PHILEROS *zu Epimetheus' Rechten.*

Beschütze nicht des frechsten Weibs verworfnes Haupt!

EPIMETHEUS *sie mit dem Mantel bedeckend.*

Sie schütz' ich, Mörder, gegen dich und jeglichen.

PHILEROS *nach Epimetheus' Linken um ihn herumtretend.*

Ich treffe sie auch unter dieses Mantels Nacht.

EPIMELEIA *sich vor dem Vater her nach der rechten Seite zu werfend.*

Verloren, Vater, bin ich! O! Gewalt! Gewalt!

PHILEROS *hinter Epimetheus sich zur Rechten wendend.*

Irrt auch die Schärfe, irrend aber trifft sie doch!

Er verwundet Epimeleia im Nacken.

EPIMELEIA.

Ai ai! Weh, weh mir!

EPIMETHEUS *abwehrend.*

Weh uns! Weh! Gewalt!

PHILEROS.

Geritzt nur! Weitre Seelenpforten öffn' ich gleich!

EPIMELEIA.

O Jammer! Jammer!

EPIMETHEUS *abwehrend.*

Weh uns! Hilfe! Weh uns! Weh!

PROMETHEUS *eilig hereintretend.*

Welch Mordgeschrei! Im friedlichen Bezirke tönt's?

EPIMETHEUS.

Zu Hilfe, Bruder! Armgewalt'ger, eile her!

EPIMELEIA.

Beflügle deine Schritte! Rettender, heran!

PHILEROS.

Vollende, Faust! und Rettung schmählich hinke nach.

PROMETHEUS *dazwischentretend.*

Zurück, Unsel'ger! törig Rasender, zurück!
Phileros, bist du's? Unbänd'ger, diesmal halt' ich dich.

Er faßt ihn an.

PHILEROS.

Laß, Vater, los! ich ehre deine Gegenwart.

PROMETHEUS.

Abwesenheit des Vaters ehrt ein guter Sohn.
Ich halte dich! – An diesem Griff der starken Faust
Empfinde, wie erst Übeltat den Menschen faßt
Und Übeltäter weise Macht sogleich ergreift.
Hier morden? Unbewehrte? Geh zu Raub und Krieg!
Hin, wo Gewalt Gesetz macht! Denn wo sich Gesetz,
Wo Vaterwille sich Gewalt schuf, taugst du nicht.
Hast jene Ketten nicht gesehn, die ehernen,
Geschmiedet für des wilden Stieres Hörnerpaar,
Mehr für den Ungebändigten des Männervolks?

Sie sollen dir die Glieder lasten, klirrend hin
Und wider schlagen, deinem Gang Begleitungstakt.
Doch was bedarf's der Ketten? Überwiesener!
Gerichteter! Dort ragen Felsen weit hinaus
Nach Land und See, dort stürzen billig wir hinab
Den Tobenden, der, wie das Tier, das Element,
Zum Grenzenlosen übermütig rennend stürzt.

Er läßt ihn fahren.

Jetzt lös' ich dich. Hinaus mit dir ins Weite fort!
Bereuen magst du oder dich bestrafen selbst.

PHILEROS.

So glaubest du, Vater, nun sei es getan?
Mit starrer Gesetzlichkeit stürmst du mich an,
Und achtest für nichts die unendliche Macht,
Die mich, den Glücksel'gen, ins Elend gebracht.

Was liegt hier am Boden in blutender Qual?
Es ist die Gebieterin, die mir befahl.
Die Hände, sie ringen, die Arme, sie bangen,
Die Arme, die Hände sind's, die mich umfangen.

Was zitterst du, Lippe? was dröhnest du, Brust?
Verschwiegene Zeugen verrätrischer Lust.
Verräterisch, ja! Was sie innig gereicht,
Gewährt sie dem Zweiten – dem Dritten vielleicht.

Nun sage mir, Vater, wer gab der Gestalt
Die einzige furchtbar entschiedne Gewalt?
Wer führte sie still die verborgene Bahn
Herab vom Olymp? aus dem Hades heran?
Weit eher entflöhst du dem ehrnen Geschick
Als diesem durchbohrend verschlingenden Blick;
Weit eher eindringender Keren Gefahr
Als diesem geflochtnen geringelten Haar;
Weit eher der Wüste beweglichem Sand
Als diesem umflatternden regen Gewand.

Epimetheus hat Epimeleian aufgehoben, führt sie tröstend umher, daß ihre Stellungen zu Phileros' Worten passen.

Sag', ist es Pandora? Du sahst sie einmal,
Den Vätern verderblich, den Söhnen zur Qual.
Sie bildet' Hephaistos mit prunkendem Schein,
Da webten die Götter Verderben hinein.

Wie glänzt das Gefäß! O wie faßt es sich schlank!
So bieten die Himmel berauschenden Trank.
Was birgt wohl das Zaudern? Verwegene Tat.
Das Lächeln, das Neigen, was birgt es? Verrat.
Die heiligen Blicke? Vernichtenden Scherz.
Der göttliche Busen? Ein hündisches Herz.

O! sag' mir, ich lüge! O sag', sie ist rein!
Willkommner als Sinn soll der Wahnsinn mir sein.
Vom Wahnsinn zum Sinne welch glücklicher Schritt!
Vom Sinne zum Wahnsinn! Wer litt, was ich litt?
Nun ist mir's bequem, dein gestrenges Gebot;
Ich eile, zu scheiden, ich suche den Tod.
Sie zog mir mein Leben ins ihre hinein;
Ich habe nichts mehr, um lebendig zu sein.

Ab.

PROMETHEUS *zu Epimeleia.*

Bist du beschämt? Gestehst du, wessen er dich zeiht?

EPIMETHEUS.

Bestürzt gewahr' ich seltsam uns Begegnendes.

EPIMELEIA *zwischen beide tretend.*

Einig, unverrückt, zusammenwandernd,
Leuchten ewig sie herab, die Sterne;
Mondlicht überglänzet alle Höhen,
Und im Laube rauschet Windesfächeln,
Und im Fächeln atmet Philomele,
Atmet froh mit ihr der junge Busen,
Aufgeweckt vom holden Frühlingstraume.
Ach! warum, ihr Götter, ist unendlich
Alles, alles, endlich unser Glück nur!

Sternenglanz und Mondes Überschimmer,
Schattentiefe, Wassersturz und Rauschen
Sind unendlich, endlich unser Glück nur.

Lieblich, horch! zur feinen Doppellippe
Hat der Hirte sich ein Blatt geschaffen
Und verbreitet früh schon durch die Auen
Heitern Vorgesang mittägiger Heimchen.
Doch der saitenreichen Leier Töne,
Anders fassen sie das Herz, man horchet,
Und wer draußen wandle schon so frühe
Und wer draußen singe goldnen Saiten,

Mädchen möcht' es wissen, Mädchen öffnet
Leis den Schalter, lauscht am Klaff des Schalters.
Und der Knabe merkt: da regt sich eines!
Wer? das möcht' er wissen, lauert, spähet;
So erspähen beide sich einander,
Beide sehen sich in halber Helle.
Und, was man gesehn, genau zu kennen
Und, was man nun kennt, sich zuzueignen,
Sehnt sich gleich das Herz, und Arme strecken,
Arme schließen sich; ein heil'ger Bund ist,
Jubelt nun das Herz, er ist geschlossen.

Ach! warum, ihr Götter, ist unendlich
Alles, alles, endlich unser Glück nur!
Sternenglanz, ein liebereich Beteuern,
Mondenschimmer, liebevoll Vertrauen,
Schattentiefe, Sehnsucht wahrer Liebe
Sind unendlich, endlich unser Glück nur.

Bluten laß den Nacken! laß ihn, Vater!
Blut, gerinnend, stillet leicht sich selber,
Überlassen sich verharscht die Wunde;
Aber Herzensblut, im Busen stockend,

Wird es je sich wieder fließend regen?
Wirst, erstarrtes Herz, du wieder schlagen?

Er entfloh! – Ihr Grausamen vertriebt ihn;
Ich Verstoßne konnt' ihn, ach, nicht halten,
Wie er schalt, mir fluchte, lästernd raste.
Doch willkommen sei des Fluches Rasen:
Denn so liebt' er mich, wie er mich schmähte,
So durchglüht' ich ihn, wie er verwünschte.
Ach! warum verkannt' er die Geliebte?
Wird er leben, wieder sie zu kennen?

Angelehnt war ihm die Gartenpforte,
Das gesteh' ich, warum sollt' ich's leugnen?
Unheil überwältigt Scham. – Ein Hirte
Stößt die Tür an, stößt sie auf, und forschend,
Still verwegen, tritt er in den Garten,
Findet mich, die Harrende, ergreift mich,
Und im Augenblick ergreift ihn jener,
Auf dem Fuß ihm folgend. Dieser läßt mich,
Wehrt sich erst und flüchtet, bald verfolgt nun,
Ob getroffen oder nicht? was weiß ich!
Dann auf mich gewandt, mit Schäumen, Schelten,

Dringt nun Phileros; ich stürze flüchtend
Über Blumen und Gesträuch, der Zaun hält
Mich zuletzt, doch hebet mich befitticht
Angst empor, ich bin im Freien, gleich drauf
Stürzt auch er heran; das andre wißt ihr.

Teurer Vater! hat Epimeleia
Sorg' um dich getragen manche Tage,
Sorge trägt sie leider um sich selbst nun,
Und zur Sorge schleicht sich ein die Reue.
Eos wohl wird meine Wange röten,
Nicht an seiner; Helios beleuchten
Schöne Pfade, die er nicht zurückkehrt.
Laßt mich gehn, ihr Väter, mich verbergen,
Zürnet nicht der Armen, laßt sie weinen!
Ach! wie fühl' ich's! Ach! das schmerzt unendlich,
Wohlerworbne Liebe zu vermissen.

Ab.

PROMETHEUS.

Das Götterkind, die herrliche Gestalt, wer ist's?
Pandoren gleicht sie, schmeichelhafter scheint sie nur
Und lieblicher; die Schönheit jener schreckte fast.

EPIMETHEUS.

Pandorens Tochter, meine Tochter rühm' ich sie.

Epimeleia nennen wir die Sinnende.

PROMETHEUS.

Dein Vaterglück, warum verbargst du, Bruder, mir's?

EPIMETHEUS.

Entfremdet war dir mein Gemüt, o Trefflicher!

PROMETHEUS.

Um jener willen, die ich nicht empfing mit Gunst?

EPIMETHEUS.

Die du hinweggewiesen, eignet' ich mir zu.

PROMETHEUS.

In deinen Hort verbargst du jene Gefährliche?

EPIMETHEUS.

Die Himmlische! vermeidend herben Bruderzwist.

PROMETHEUS.

Nicht lange wohl blieb, wankelmütig, sie dir getreu?

EPIMETHEUS.

Treu blieb ihr Bild; noch immer steht es gegen mir.

PROMETHEUS.

Und peiniget in der Tochter dich zum zweiten Mal.

EPIMETHEUS.

Die Schmerzen selbst um solch ein Kleinod sind Genuß.

PROMETHEUS.

Kleinode schafft dem Manne täglich seine Faust.

EPIMETHEUS.

Unwürd'ge, schafft er nicht das höchste Gut dafür.

PROMETHEUS.

Das höchste Gut? Mich dünken alle Güter gleich.

EPIMETHEUS.

Mit nichten! Eines übertrifft. Besaß ich's doch!

PROMETHEUS.

Ich rate fast, auf welchem Weg du irrend gehst.

EPIMETHEUS.

Ich irre nicht! die Schönheit führt auf rechte Bahn.

PROMETHEUS.

In Fraungestalt nur allzuleicht verführet sie.

EPIMETHEUS.

Du formtest Frauen, keineswegs verführerisch.

PROMETHEUS.

Doch formt' ich sie aus zärtrem Ton, die rohen selbst.

EPIMETHEUS.

Den Mann vorausgedenkend, sie zur Dienerin.

PROMETHEUS.

So werde Knecht, verschmähest du die treue Magd.

EPIMETHEUS.

Zu widersprechen meid' ich. Was in Herz und Sinn
Sich eingeprägt, ich wiederhol's im stillen gern.
O göttliches Vermögen mir, Erinnerung!
Du bringst das hehre frische Bild ganz wieder her.

PROMETHEUS.

Die Hochgestalt aus altem Dunkel tritt auch mir;
Hephaisten selbst gelingt sie nicht zum zweiten Mal.

EPIMETHEUS.

Auch du erwähnest solchen Ursprungs Fabelwahn?
Aus göttlich altem Kraftgeschlechte stammt sie her:
Uranione, Heren gleich und Schwester Zeus'.

PROMETHEUS.

Doch schmückt' Hephaistos wohlbedenkend reich sie aus
Ein goldnes Hauptnetz flechtend erst mit kluger Hand,
Die feinsten Drähte wirkend, strickend mannigfach.

EPIMETHEUS.

– Dies göttliche Gehäge, nicht das Haar bezwang's,
Das übervolle, strotzend braune, krause Haar;
Ein Büschel flammend warf sich von dem Scheitel auf.

PROMETHEUS.

Drum schlang er Ketten neben an, gediegene.

EPIMETHEUS.

In Flechten glänzend schmiegte sich der Wunderwuchs,
Der, freigegeben, schlangengleich die Ferse schlug.

PROMETHEUS.

Das Diadem, nur Aphroditen glänzt es so!
Pyropisch, unbeschreiblich, seltsam leuchtet' es.

EPIMETHEUS.

Mir blickt' es nur gesellig aus dem Kranz hervor
Aufblühnder Blumen; Stirn und Braue hüllten sie,
Die neidischen! Wie Kriegsgefährte den Schützen deckt
Mit dem Schild, so sie der Augen treffende Pfeilgewalt.

PROMETHEUS.

Geknüpft mit Kettenbändern schaut' ich jenen Kranz;
Der Schulter schmiegten sie zwitzernd, glimmernd gern sich an.

EPIMETHEUS.

Des Ohres Perle schwankt mir vor dem Auge noch,
Wie sich frei das Haupt anmutiglich bewegete.

PROMETHEUS.

Gereihte Gaben Amphitritens trug der Hals.
Dann vielgeblümten Kleides Feld, wie es wunderbar
Mit frühlingsreichem bunten Schmuck die Brust umgab.

EPIMETHEUS.

An diese Brust mich Glücklichen hat sie gedrückt!

PROMETHEUS.

Des Gürtels Kunst war über alles lobenswert.

EPIMETHEUS.

Und diesen Gürtel hab' ich liebend aufgelöst!

PROMETHEUS.

Dem Drachen, um den Arm geringelt, lernt' ich ab,
Wie starr Metall im Schlangenkreise sich dehnt und schließt.

EPIMETHEUS.

Mit diesen Armen liebevoll umfing sie mich!

PROMETHEUS.

Die Ringe schmückend verbreiterten die schlanke Hand.

EPIMETHEUS.

Die mir so oft sich herzerfreuend hingestreckt!

PROMETHEUS.

Und glich sie wohl Athenens Hand an Kunstgeschick?

EPIMETHEUS.

Ich weiß es nicht; nur liebekosend kannt' ich sie.

PROMETHEUS.

Athenens Webstuhl offenbart' ihr Oberkleid.

EPIMETHEUS.

Wie's wellenschimmernd, wogenhaft ihr wallte nach.

PROMETHEUS.

Der Saum verwirrte fesselnd auch den schärfsten Blick.

EPIMETHEUS.

Sie zog die Welt auf ihren Pfaden nach sich her.

PROMETHEUS.

Gewundne Riesenblumen, Füllhorn jegliche.

EPIMETHEUS.

Den reichen Kelchen mutiges Gewild entquoll.

PROMETHEUS.

Das Reh, zu fliehen, es zu verfolgen, sprang der Leu.

EPIMETHEUS.

Wer säh' den Saum an, zeigte sich der Fuß im Schritt,
Beweglich wie die Hand erwidernd Liebesdruck.

PROMETHEUS.

Auch hier nicht müde schmückte nur der Künstler mehr;
Biegsame Sohlen, goldne, schrittbefördernde.

EPIMETHEUS.

Beflügelte! sie rührte kaum den Boden an.

PROMETHEUS.

Gegliedert schnürten goldne Riemen schleifenhaft.

EPIMETHEUS.

O! rufe mir nicht jene Hüllepracht hervor!
Der Allbegabten wußt' ich nichts zu geben mehr;
Die Schönste, die Geschmückteste, die Meine war's!
Ich gab mich selbst ihr, gab mich mir zum ersten Mal!

PROMETHEUS.

Und leider so auf ewig dir entriß sie dich!

EPIMETHEUS.

Und sie gehört auf ewig mir, die Herrliche!

Der Seligkeit Fülle, die hab' ich empfunden!
Die Schönheit besaß ich, sie hat mich gebunden;
Im Frühlingsgefolge trat herrlich sie an.
Sie erkannt' ich, sie ergriff ich, da war es getan!
Wie Nebel zerstiebte trübsinniger Wahn,
Sie zog mich zur Erd' ab, zum Himmel hinan.

Du suchest nach Worten, sie würdig zu loben,
Du willst sie erhöhen; sie wandelt schon oben
Vergleich ihr das Beste, du hältst es für schlecht.
Sie spricht, du besinnst dich, doch hat sie schon recht.
Du stemmst dich entgegen; sie gewinnt das Gefecht.
Du schwankst, ihr zu dienen, und bist schon ihr Knecht.

Das Gute, das Liebe, das mag sie erwidern.
Was hilft hohes Ansehn? sie wird es erniedern.
Sie stellt sich ans Ziel hin, beflügelt den Lauf;
Vertritt sie den Weg dir, gleich hält sie dich auf.
Du willst ein Gebot tun, sie treibt dich hinauf,
Gibst Reichtum und Weisheit und alles in den Kauf.

Sie steiget hernieder in tausend Gebilden,
Sie schwebet auf Wassern, sie schreitet auf Gefilden,
Nach heiligen Maßen erglänzt sie und schallt,
Und einzig veredelt die Form den Gehalt,
Verleibt ihm, verleiht sich die höchste Gewalt.
Mir erschien sie in Jugend-, in Frauengestalt.

PROMETHEUS.

Dem Glück der Jugend heiß' ich Schönheit nah verwandt
Auf Gipfeln weilt so eines wie das andre nicht.

EPIMETHEUS.

Und auch im Wechsel beide, nun und immer, schön:
Denn ewig bleibt Erkornen anerkanntes Glück.
So neu verherrlicht leuchtete das Angesicht
Pandorens mir aus buntem Schleier, den sie jetzt
Sich umgeworfen, hüllend göttlichen Gliederbau.
Ihr Antlitz, angeschaut allein, höchst schöner war's,
Dem sonst des Körpers Wohlgestalt wetteiferte;
Auch ward es rein der Seele klar gespiegelt Bild,
Und sie, die Liebste, Holde, leicht-gesprächiger,
Zutraulich mehr, geheimnisvoll gefälliger.

PROMETHEUS.

Auf neue Freuden deutet solche Verwandelung.

EPIMETHEUS.

Und neue Freuden, leidenschaffende, gab sie mir.

PROMETHEUS.

Laß hören! Leid aus Freude tritt so leicht hervor.

EPIMETHEUS.

Am schönsten Tage – blühend regte sich die Welt –
Entgegnete sie im Garten mir, verschleiert noch,
Nicht mehr allein: auf jedem Arme wiegte sie
Ein lieblich Kind, beschattet, Töchterzwillinge.
Sie trat heran, daß hoch erstaunt, erfreut ich die
Beschauen möchte, herzen auch nach Herzenslust.

PROMETHEUS.

Verschieden waren beide, sag' mir, oder gleich?

EPIMETHEUS.

Gleich und verschieden; ähnlich nenntest beide wohl.

PROMETHEUS.

Dem Vater eins, der Mutter eines, denk' ich doch.

EPIMETHEUS.

Das Wahre triffst du, wie es ziemt Erfahrenem.
Da sprach sie: Wähle! Das eine sei dir anvertraut,
Eins meiner Pflege vorbehalten! Wähle schnell!
Epimeleia nennst du dies, Elpore dies.
Ich sah sie an. Die eine schalkisch äugelte
Vom Schleiersaum her; wie sie meinen Blick gehascht,
Zurück sie fuhr und barg sich an der Mutter Brust.
Die andre, ruhig gegenteils und schmerzlich fast,
Als Jener Blick den meinigen zuerst erwarb,
Sah stät herüber, hielt mein Auge fest und fest
In ihrem innig, ließ nicht los, gewann mein Herz.
Nach mir sich neigend, händereichend, strebte sie
Als liebedürftig, hilfsbedürftig, tiefen Blicks.
Wie hätt' ich widerstanden! Diese nahm ich auf;
Mich Vater fühlend, schloß an meine Brust ich sie,
Ihr wegzuscheuchen von der Stirn frühzeit'gen Ernst.
Nicht achtend stand ich, daß Pandora weiterschritt,
Der Ferngewichnen folgt' ich fröhlich rufend nach;
Sie aber, halb gewendet nach dem Eilenden,

Warf mit der Hand ein deutlich Lebewohl mir zu.
Ich stand versteinert, schaute hin; ich seh' sie noch!

Vollwüchsig streben drei Zypressen himmelwärts,
Wo dort der Weg sich wendet. Sie, gewandt im Gehn,
Darzeigte vorgehoben nochmals mir das Kind,
Das unerreichbar seine Händchen reichend wies;
Und jetzt, hinum die Stämme schreitend, augenblicks
Weg war sie! Niemals hab' ich wieder sie gesehn.

PROMETHEUS.

Nicht sonderbar soll jedem scheinen, was geschieht,
Vereint er sich Dämonen, gottgesendeten.
Nicht tadl' ich deiner Schmerzen Glut, Verwitweter!
Wer glücklich war, der wiederholt sein Glück im Schmerz.

EPIMETHEUS.

Wohl wiederhol' ich's! Immer jenen Zypressen zu,
Mein einz'ger Gang blieb's. Blickt' ich doch am liebsten hin,
Allwo zuletzt sie schwindend mir im Auge blieb.
Sie kommt vielleicht, so dacht' ich, dorther mir zurück,
Und weinte quellweis, an mich drückend jenes Kind
An Mutterstatt. Es sah mich an und weinte mit,

Bewegt von Mitgefühlen, staunend, unbewußt. –
So leb' ich fort, entgegen ewig verwaister Zeit,
Gestärkt an meiner Tochter zart besorgtem Sinn,
Die nun bedürftig meiner Vatersorge wird,
Von Liebesjammer unerträglich aufgequält.

PROMETHEUS.

Vernahmst du nichts von deiner Zweiten diese Zeit?

EPIMETHEUS.

Grausam gefällig steigt sie oft als Morgentraum,
Geschmückt, mit Phosphoros herüber; schmeichelnd fließt
Versprechen ihr vom Munde; kosend naht sie mir
Und schwankt und flieht. Mit ewigem Verwandlen täuscht
Sie meinen Kummer, täuscht zuletzt auf Ja und Ja
Den Flehnden mit Pandorens Wiederkehr sogar.

PROMETHEUS.

Elporen kenn' ich, Bruder, darum bin ich mild
Zu deinen Schmerzen, dankbar für mein Erdenvolk.
Du mit der Göttin zeugtest ihm ein holdes Bild,
Zwar auch verwandt mit jenen Rauchgeborenen;
Doch stets gefällig täuschet sie unschuldiger,

Entbehrlich keinem Erdensohn. Kurzsichtigen
Zum zweiten Auge wird sie; jedem sei's gegönnt! –
Du stärkend aber deine Tochter stärke dich...
Wie! hörst du nicht? versinkest zur Vergangenheit?

EPIMETHEUS.

Wer von der Schönen zu scheiden verdammt ist,
Fliehe mit abegewendetem Blick!
Wie er, sie schauend, im Tiefsten entflammt ist,
Zieht sie, ach! reißt sie ihn ewig zurück.

Frage dich nicht in der Nähe der Süßen:
Scheidet sie? scheid' ich? Ein grimmiger Schmerz
Fasset im Krampf dich, du liegst ihr zu Füßen,
Und die Verzweiflung zerreißt dir das Herz.

Kannst du dann weinen und siehst sie durch Tränen,
Fernende Tränen, als wäre sie fern:
Bleib! Noch ist's möglich! Der Liebe, dem Sehnen
Neigt sich der Nacht unbeweglichster Stern.

Fasse sie wieder! Empfindet selbander
Euer Besitzen und euren Verlust!
Schlägt nicht ein Wetterstrahl euch aus einander,
Inniger dränget sich Brust nur an Brust.

Wer von der Schönen zu scheiden verdammt ist,
Fliehe mit abegewendetem Blick!
Wie er, sie schauend, im Tiefsten entflammt ist,
Zieht sie, ach! reißt sie ihn ewig zurück!

PROMETHEUS.

Ist's wohl ein Glück zu nennen, was in Gegenwart
Ausschließend wegweist alles, was ergötzlich lockt,
Abwesend aber, jeden Trost verneinend, quält?

EPIMETHEUS.

Trostlos zu sein, ist Liebenden der schönste Trost;
Verlornem nachzustreben selbst schon mehr Gewinn,
Als Neues aufzuhaschen. Weh doch! Eitles Mühn,
Sich zu vergegenwärt'gen Ferngeschiedenes,
Unwiederherstellbares! hohle, leid'ge Qual!

Mühend versenkt ängstlich der Sinn
Sich in die Nacht, suchet umsonst
Nach der Gestalt. Ach! wie so klar
Stand sie am Tag sonst vor dem Blick.

Schwankend erscheint kaum noch das Bild;
Etwa nur so schritt sie heran!
Naht sie mir denn? Faßt sie mich wohl? –
Nebelgestalt schwebt sie vorbei,

Kehret zurück, herzlich ersehnt;
Aber noch schwankt's immer und wogt's,
Ähnlich zugleich andern und sich;
Schärferem Blick schwindet's zuletzt.
Endlich nun doch tritt sie hervor,
Steht mir so scharf gegen dem Blick!
Herrlich! So schafft Pinsel und Stahl! –
Blinzen des Augs scheuchet sie fort!

Ist ein Bemühn eitler? Gewiß
Schmerzlicher keins, ängstlicher keins
Wie es auch streng Minos verfügt,
Schatten ist nun ewiger Wert.

Wieder versucht sei's, dich heran,

Gattin, zu ziehn! Hasch' ich sie? Bleibt's

Wieder, mein Glück? – Bild nur und Schein!

Flüchtig entschwebt's, fließt und zerrinnt.

PROMETHEUS.

Zerrinne nicht, o Bruder, schmerzlich aufgelöst!

Erhabnen Stammes, hoher Jahre sei gedenk!

Im Jünglingsauge mag ich wohl die Träne sehn;

Des Greisen Aug' entstellt sie. Guter, weine nicht!

EPIMETHEUS.

Der Tränen Gabe, sie versöhnt den grimmsten Schmerz

Sie fließen glücklich, wenn's im Innern heilend schmilzt.

PROMETHEUS.

Blick' auf aus deinem Jammer! Schau' die Röte dort!

Verfehlet Eos wohlgewohnten Pfades heut'?

Vom Mittag dorther leuchtet rote Glut empor.

Ein Brand in deinen Wäldern, deinen Wohnungen

Scheint aufzuflammen. Eile! Gegenwart des Herrn

Mehrt jedes Gute, steuert möglichem Verlust.

EPIMETHEUS.

Was hab' ich zu verlieren, da Pandora floh?
Das brenne dort! Viel schöner baut sich's wieder auf.

PROMETHEUS.

Gebautes einzureißen, rat' ich, gnügt's nicht mehr;
Mit Willen tät' ich's! Zufall aber bleibt verhaßt.
Drum eilig sammle, was von Männern im Bezirk
Dir tätig reg' ist, widersteh der Flammen Wut!
Mich aber hört gleich jene schwarmgedrängte Schar,
Die zum Verderben sich bereit hält wie zum Schutz.

EPIMELEIA.

Meinen Angstruf,
Um mich selbst nicht:
Ich bedarf's nicht,
Aber hört ihn!
Jenen dort helft,
Die zugrund gehn:
Denn zugrund ging
Ich vorlängst schon.

Als er tot lag,
Jener Hirt, stürzt'
Auch mein Glück hin;
Nun die Rach' rast,
Zum Verderb strömt
Sein Geschlecht her.

Das Gehäg' stürzt,
Und ein Wald schlägt
Mächt'ge Flamm' auf.
Durch die Rauchglut
Siedet Balsam
Aus dem Harzbaum.

An das Dach greift's,
Das entflammt schon.
Das Gesparr kracht!
Ach! es bricht mir
Übers Haupt ein!
Es erschlägt mich
In der Fern' auch!
Jene Schuld ragt!
Auge droht mir,

Braue winkt mir

Ins Gericht hin!

Nicht dahin trägt

Mich der Fuß, wo

Phileros wild

Sich hinabstürzt

In den Meerschwall.

Die er liebt, soll

Seiner wert sein!

Lieb' und Reu' treibt

Mich zur Flamm' hin,

Die aus Liebsglut

Rasend aufquoll.

Ab.

EPIMETHEUS.

Diese rett' ich,

Sie die einz'ge!

Jenen wehr' ich

Mit der Hauskraft,

Bis Prometheus

Mir das Heer schickt.
Dann erneun wir
Zorn'gen Wettkampf.
Wir befrein uns;
Jene fliehn dann,
Und die Flamm' lischt.

Ab.

PROMETHEUS.

Nun heran ihr,
Die im Schwarm schon
Um die Felskluft,
Eure Nachtburg,
Aus dem Busch auf,
Eurem Schirmdach,
Strebend aufsummt!

Eh' ihr auszieht
In das Fernland,
Diesem Nachbar
Werdet hilfreich
Und befreit ihn

Vom Gewaltschlag
Wilder Rachlust!

KRIEGER.

Der Ruf des Herrn,
Des Vaters, tönt;
Wir folgen gern,
Wir sind's gewöhnt;
Geboren sind
Wir all' zum Streit,
Wie Schall und Wind
Zum Weg bereit.

Wir ziehn, wir ziehn
Und sagen's nicht;
Wohin? wohin?
Wir fragen's nicht;
Und Schwert und Spieß,
Wir tragen's fern,
Und jens und dies,
Wir wagen's gern.

So geht es kühn
Zur Welt hinein;
Was wir beziehn,
Wird unser sein:
Will einer das,
Verwehren wir's;
Hat einer was,
Verzehren wir's.

Hat einer gnug
Und will noch mehr,
Der wilde Zug
Macht alles leer.
Da sackt man auf!
Und brennt das Haus,
Da packt man auf
Und rennt heraus.

So zieht vom Ort,
Mit festem Schritt,
Der Erste fort
Den Zweiten mit;
Wenn Wahn und Bahn

Der Beste brach,

Kommt an und an

Der Letzte nach.

PROMETHEUS.

Verleihet gleich

So Schad' als Nutz!

Hier weih' ich euch

Zu Schutz und Trutz.

Auf! rasch Vergnügte,

Schnellen Strichs!

Der barsch Besiegte

Habe sich's!

Hier leistet frisch und weislich dringende Hochgewalt

Erwünschten Dienst. Das Feuerzeichen schwindet schon,

Und brüderlich bringt würd'ge Hilfe mein Geschlecht. –

Nun aber Eos, unaufhaltsam strebt sie an,

Sprungweise, mädchenartig, streut aus voller Hand

Purpurne Blumen. Wie an jedem Wolkensaum

Sich reich entfaltend sie blühen, wechseln, mannigfach!

So tritt sie lieblich hervor, erfreulich immerfort,

Gewöhnet Erdgeborner schwaches Auge sanft,

Daß nicht vor Helios' Pfeil erblinde mein Geschlecht,

Bestimmt, Erleuchtetes zu sehen, nicht das Licht!

EOS *von dem Meere heraufsteigend.*

Jugendröte, Tagesblüte,
Bring' ich schöner heut' als jemals
Aus den unerforschten Tiefen
Des Okeanos herüber.
Hurtiger entschüttelt heute
Mir den Schlaf, die ihr des Meeres
Felsumsteilte Bucht bewohnet,
Ernste Fischer, frisch vom Lager!
Euer Werkzeug nehmt zur Hand.

Schnell entwickelt eure Netze,
Die bekannte Flut umzingelnd:
Eines schönen Fangs Gewißheit
Ruf' ich euch ermunternd zu.
Schwimmet, Schwimmer! taucht, ihr Taucher!
Spähet, Späher, auf dem Felsen!
Ufer wimmle wie die Fluten,
Wimmle schnell von Tätigkeit!

PROMETHEUS.

Was hältst du deinen Fuß zurück, du Flüchtige?
Was fesselt an dies Buchtgestade deinen Blick?
Wen rufst du an, du Stumme sonst, gebietest wem?
Die niemand Rede stehet, diesmal sprich zu mir!

EOS.

Jenen Jüngling rettet, rettet!
Der verzweiflend, liebetrunken,
Rachetrunken, schwer gescholten
In die nachtumhüllten Fluten
Sich vom Felsen stürzete.

PROMETHEUS.

Was hör' ich! hat Phileros dem Strafedräun gehorcht?
Sich selbst gerichtet, kalten Wellentod gesucht?
Auf, eilen wir! dem Leben geb' ich ihn zurück.

EOS.

Weile, Vater! hat dein Schelten
Ihn dem Tode zugetrieben,
Deine Klugheit, dein Bestreben
Bringt ihn diesmal nicht zurück.

Diesmal bringt der Götter Wille,
Bringt des Lebens eignes, reines,
Unverwüstliches Bestreben
Neugeboren ihn zurück.

PROMETHEUS.

Gerettet ist er? sage mir, und schaust du ihn?

EOS.

Dort! er taucht in Flutenmitte
Schon hervor, der starke Schwimmer:
Denn ihn läßt die Lust zu leben
Nicht, den Jüngling, untergehn.

Spielen rings um ihn die Wogen,
Morgendlich und kurz beweget,
Spielt er selbst nur mit den Wogen,
Tragend ihn, die schöne Last.
Alle Fischer, alle Schwimmer,
Sie versammeln sich lebendig
Um ihn her, nicht, ihn zu retten:
Gaukelnd baden sie mit ihm.
Ja Delphine drängen gleitend

Zu der Schar sich, der bewegten,
Tauchen auf und heben tragend
Ihn, den schönen Aufgefrischten.
Alles wimmelnde Gedränge
Eilet nun dem Lande zu.

Und an Leben und an Frische
Will das Land der Flut nicht weichen;
Alle Hügel, alle Klippen
Von Lebend'gen ausgeziert!

Alle Winzer, aus den Keltern,
Felsenkellern tretend, reichen
Schal' um Schale, Krug um Krüge
Den beseelten Wellen zu.
Nun entsteigt der Göttergleiche,
Von dem ringsumschäumten Rücken
Freundlicher Meerwunder schreitend,
Reich umblüht von meinen Rosen,
Er ein Anadyomen,
Auf zum Felsen. – Die geschmückte
Schönste Schale reicht ein Alter,
Bärtig, lächelnd, wohlbehaglich,
Ihm dem Bacchusähnlichen.

Klirret, Becken! Erz, ertöne!
Sie umdrängen ihn, beneidend
Mich um seiner schönen
Glieder Wonnevollen Überblick.
Pantherfelle von den Schultern
Schlagen schon um seine Hüften,
Und den Thyrsus in den Händen
Schreitet er heran ein Gott.
Hörst du jubeln? Erz ertönen?
Ja, des Tages hohe Feier,
Allgemeines Fest beginnt.

PROMETHEUS.

Was kündest du für Feste mir? Sie lieb' ich nicht;
Erholung reichet Müden jede Nacht genug.
Des echten Mannes wahre Feier ist die Tat!

EOS.

Manches Gute ward gemein den Stunden;
Doch die gottgewählte, festlich werde diese!
Eos blicket auf in Himmelsräume,
Ihr enthüllt sich das Geschick des Tages.

Nieder senkt sich Würdiges und Schönes,
Erst verborgen, offenbar zu werden,
Offenbar, um wieder sich zu bergen.
Aus den Fluten schreitet Phileros her,
Aus den Flammen tritt Epimeleia;
Sie begegnen sich, und eins im andern
Fühlt sich ganz und fühlet ganz das andre.
So, vereint in Liebe, doppelt herrlich,
Nehmen sie die Welt auf. Gleich vom Himmel
Senket Wort und Tat sich segnend nieder,
Gabe senkt sich, ungeahnet vormals.

PROMETHEUS.

Neues freut mich nicht, und ausgestattet
Ist genugsam dies Geschlecht zur Erde.
Freilich frönt es nur dem heut'gen Tage,
Gestrigen Ereignens denkt's nur selten;
Was es litt, genoß, ihm ist's verloren.
Selbst im Augenblicke greift es roh zu;
Faßt, was ihm begegnet, eignet's an sich,
Wirft es weg, nicht sinnend, nicht bedenkend,
Wie man's bilden möge höhrem Nutzen.
Dieses tadl' ich; aber Lehr' und Rede,

Selbst ein Beispiel, wenig will es frommen.
Also schreiten sie mit Kinderleichtsinn
Und mit rohem Tasten in den Tag hin.
Möchten sie Vergangnes mehr beherz'gen,
Gegenwärt'ges, formend, mehr sich eignen,
Wär' es gut für alle; solches wünscht' ich.

EOS.

Länger weil' ich nicht, mich treibet fürder
Strahlend Helios unwiderstehlich
Weg vor seinem Blick zu schwinden, zittert
Schon der Tau, der meinen Kranz beperlet.
Fahre wohl, du Menschenvater! Merke:
Was zu wünschen ist, ihr unten fühlt es;
Was zu geben sei, die wissen's droben.
Groß beginnet ihr Titanen; aber leiten
Zu dem ewig Guten, ewig Schönen,
Ist der Götter Werk; die laßt gewähren.